푸른사상
시선

36

목련미용실

이 순 주 시집

푸른사상 시선 36

목련미용실

인쇄 2013년 12월 10일
발행 2013년 12월 17일

지은이 · 이순주
펴낸이 · 한봉숙
펴낸곳 · 푸른사상사
주간 · 맹문재 | 편집 · 김재호 | 교정 · 김소영

등록 제2-2876호
주소 서울시 중구 충무로 29(초동) 아시아미디어타워 502호
대표전화 02) 2268-8706~7 팩시밀리 02) 2268-8708
메일 prun21c@hanmail.net
홈페이지 www.prun21c.com

ISBN 979-11-308-0074-5 03810
ISBN 978-89-5640-765-4 04810 (세트)

값 8,000원

목련미용실

창문 밖 모과나무에게 나를 묻곤 한다. 너의 일상은 지하에서 물을 끌어올려 분수처럼 뿜어낸다. 새들을 끌어들인 너의 언어는 지금 소란스럽다. 가을까지 끊임없는 햇빛의 공세에 주먹만 한 침묵으로 대응한다. 묵언은 허공에서 익어가고 태양은 작열한다. 너는 나를 위해 펼쳐졌다. 펼쳐왔고 펼쳐질⋯⋯ 나는 그늘을 쓴다.

2013년 11월
이순주

| 차례 |

■ 시인의 말

제1부

제2부

제3부

제4부

제1부

푸른 방

기차가 미끄러져 간다 칸칸마다 아이들 코 고는 소리 이 가
는 소리 냉장고 소리 어머니 해수 기침 소리를 싣고

돋보기안경 너머 기차가 달려가고 있다 애벌레처럼 밤 가
운데 몸을 말고 앉아 어머니가 재봉틀을 돌리고 있다

한 땀 한 땀 박히는 일정한 걸음의 음보, 어둠을 밀어내며
기차가 달려가고 있다 한밤의 뻐꾸기 울음 두 번, 기차가 두
시를 지나가고 있다 밤하늘 달과 별들이 동승했다

기차는 시계의 초침처럼 멈출 줄을 모른다 목련나무의 무
릎 펴는 소리 들려온다 아랫목을 향하여 이불 속으로 뻗어오
는 발들

어머니가 지네발에 신발을 신기려고 애를 쓴다 늙은 냉장
고는 또다시 기적 소리를 낸다
기차가 깜깜한 밤을 지나 새벽을 향해 달려가고 있다

축구라는 말 속

약수터 빈 나뭇가지 사이를 이리저리 날아다니는 한 무리 새 떼, 이 시간 새들에게는 나무와 나무 사이가 골목이 된다 그 왁자한 골목 위 하늘을 보면 노을 속으로 공 하나가 굴러가고 있다

새들이 축구를 하고 있는 것일까 저녁이 전봇대로 이를 쑤시거나 말거나 아 벌린 저녁의 입천장에 금니가 반짝이기 시작했거나 말거나 산동네 골목에서 공을 차며 노는 아이들처럼

힘차게 내지른 공이 담을 넘어 유리창을 와장창, 누구야? 소리치며 순간 잠겨 있던 문이 열리는 것처럼 저녁을 깨고 겨울을 깨고,

정작 축구는 해와 달을 발길질하는 나무들로부터 비롯된다 나무들은 수억 년 전부터 땅속에 머리 박고 거꾸로 서서 공을 차며 놀았다

하늘의 축구장, 골문은 어디에 있는 것인가

나무들이 흔들린다 떠들썩하게 새들이 허공에서 뿔뿔이 흩어졌다 모인다

울음은 성(城)을 만든다

울음은 기도였으므로 그 누구도 잎새에 달라붙은 울음을
떼어낼 수는 없다
숲을 뒤덮는 매미 울음 그대로 천장이 된다

날마다 천장에 슬픈 악보가 그려졌다
구름을 만져보고 싶은 날이 있었다

울음은 안식을 거느렸으니,

페이지가 펼쳐질 때마다
땅바닥에 안식을 번식시켰다

나는 잠시 어느 고요한 유배지를 떠올리고,
바람이 타고 내려간 언덕배기 버려진 기타에서 늙은 여자
의 울음소리가 났다 낯익은 저 울음은 너무 많은 그늘을 지나
온 내 이력의 후렴부였구나

잎새 뒤에 숨어 울고 있는 새여!

이곳에서 나무들은 어떤 울음도 귀 기울여 듣는단다

천장이 또다시 거세게 흔들리기 시작한다
그늘이 뚝뚝 떨어져 내린다

뒤꿈치 든 나무들은 기둥이 되고
수천 년 천장을 떠받들고 서 있을 것이다

물고기의 방

그 방의 문지기는 수련인데요
바람과 구름을 거느리는 수련은
꽃을 피워 문을 장식했어요
파문이 일었고,
파문인다는 건
누군가 그 방의 문을 따고 있다는 거죠
그러나 이 계절 열쇠인 꽃들과 소금쟁이……
새들조차도 그 문을 열 수가 없어요
그리하여 문 밖을 배회하고 있는 것들
수염 길게 늘어트린 수양버들이
잉어들의 복화술을 듣고 있는 시간이네요
석양이 투신해 방을 데우다 사라지는 사이
누군가 돌 하나를 냅다 집어던졌어요
풍덩, 자물쇠 따는 소리 선명하게 들리더니
문지기는 놀라 몸을 움찔하고요
무심히 던진 돌이 문을 열고 들어갔어요
그 돌,
달과 별을 잠재우는 방의 구들이 되는 줄은

아무도 몰랐어요

수련이 부유하는 그곳

붉은 얼룩무늬 잉어가 사는 방이에요

13월의 개나리꽃

12월을 지났는데
개나리가 꽃을 피웠다

나도 때론 물 위를 걸어다닌 적이 있다
홀연히 가고 없는 시절을 향해
대기권 밖으로
마음 내놓은 적이 있다

핸드폰 떨림
컬러링에 달려 나온 당신 말들의 개화,
새삼 떠올린다
새 한 마리 차안과 피안을 선 긋고 날아가는
공원 한 귀퉁이 쭈그려 앉아
공중에 그의 발자국 새겨 넣으면
그림자가 옴팍옴팍 패이곤 한다

바람에 날아가지도 펄럭이지도 않는,
길고도 가느다란 어둠 지나

목젖을 타고

겨울 생에 올려놓은 별의 멀미

꽃이 나를 헤아려본다

아직 먼 곳으로 떠나보내지 못한

내 안의 안타레스*를 기웃댄다

* 안타레스: 전갈자리에서 가장 밝은 별, 우리나라의 남쪽 하늘에서 가장 밝
  은 별이다.

음표 하나

때로 도돌이표는 그를 지치게 만든다 일 마친 뒤 지상의 한
칸 방 향하여
그는 오늘도 음표들로 빼꼭한 전동차 안으로 들어간다

젖은 날개 비슷한 음표들과 어깨를 맞대고
쾌속의 출렁거림에 사분음표나 팔분음표가 되기도 하면서
간다

날마다 호명되는 음표들은 모두 어디서 왔나, 칸칸마다
서로 어울려 화음을 맞추지만
저녁의 곡목은 어둡고 무겁기만 한 철로 조곡(組曲)이다
정거장마다에서 음표들이 뭉텅뭉텅 빠져나가곤 한다

어쩌다 음표들 사이
열차의 검은색 유리창에 인화된 낯익은 얼굴 하나 발견하
는 것인데,
그는 반음이 된 채 숨어 있다

직장에서 화음을 이룰 때는 음표들 사이에 긴장하며 끼어
있는 이분음표

가족과 함께하는 시간에 비로소 온음표가 되는,

그는 언젠가 하루의 마디 속에서 탈출을 시도한 적이 있다

이겨내는 하루하루는 생의 악보 속 작은 마디이고

째깍째깍 그를 재는 시간의 메트로놈은 피곤도 없는데

엇박자 리듬을 타며 그는 어둠을 뚫고 달려가고 있다

수묵화 필 무렵

겨울 지나 한층 부드러워진 바람의 붓질,

대지는 화선지였다

산등성이를 따라 올라가며 선이 굵고 힘찬

획이 그어졌다

바람이 운필의 속도를 조절하여 농담을 이룬 자리

쑥을 뜯던 당신 흰 옷자락 흔들렸다

그때 필법이 능란하여 비백*을 만들어낸 바람,

나무를 타고 올라가 꽃망울들을 매만졌다

툭툭 산벚나무의 꽃망울들이 터지곤 했다

당신 얼굴 주름살이 웃자

망울진 꽃망울들은 다투어 벙글었다

당신이 쑥대궁을 자를 때마다

묵향처럼 쑥 내음 피어올랐다

우리가 산기슭에서 두런두런 정담을 나누는 동안

정겨운 수묵화 한 폭 살아났다

이제 그만 내려가요 어머니,

대답 대신 당신은 마른 나뭇가지 같은 손으로

배가 불룩한 검정 비닐봉지를 내밀었다

가지런한 틀니 드러내며 내게 봄을 건네준 그 해

당신은 먼 길을 떠나가시고

시시때때 꺼내보는

내 안에 소장된 수묵화 필 무렵

* 비백(飛白): 먹을 적게 하고 운필의 속도를 조절하여 획 안에 흰 잔줄이 생기게 하는 기법이다.

그 봄의 기상도

술 취한 하루가 쓰러졌어요

취한 날들이 엎어진 거겠죠

햇살은 돋보기를 들이대며 어둠을 읽어가요

마당가엔 그가 안주로 씹은 세상이 한 마디 구토물로 요약,

말라 있어요 그 구토물을

비둘기들 나눠먹으면 평화 올까요?

공연한 소리 하질 마라,

아까시나무에 날아든 참새 떼 혀짤배기소리가 들려와요

그가 실컷 나발을 불던 소주병이 여기저기 땅바닥에 나뒹

굴고요

그를 대신해 시도때도 없이 툴툴대네요

그걸 그가 부르다만 목포의 눈물 혹은

나그네 설움쯤으로 들어줘야 하나요?

노랫소리 들려올 때마다

재개발 현수막이 배가 불렀다 꺼지네요

아까시나무엔 무성히도 새순이 돋아나고요

몇 년째 방치된 채 쓰레기더미에 포위된 빈집들,

끝내 그 일을 함구하려 해요

주인 잃은 개는 몸 썩는 냄새에 치를 떨고,

도둑고양이 새로운 침입자 향해 털 세우며 독기를 내뿜는 한낮이

고개를 서녘으로 떨구었어요

썩어가는 양분을 빨아먹고 다른 해보다 일찍 꽃망울들 터트려

재빨리 상복으로 갈아입은 아까시나무,

향기로 냄새를 위장한 채 바람이 키질하는 대로 몰려다녀요

온 동네로 몰려다녀요

아까시나무가 초록 잎새로 슬그머니 집을 숨겨놓지만

구급차가 갈지자로 찾아오지요

보름달을 위한 소묘

어둠이 촘촘한 동네 목욕탕에서
불린 때 툭툭 바닥으로 떨어지는 걸 바라보며
때를 밀고 있었는데요
달무리 같은 수증기 자욱했는데요
갑자기 내 앞으로 커다란 엉덩이 둥실, 떠오르는 것이었어요

엉덩이가 흔들리기 시작하자
나는 가위 눌려
스모 경기를 본 듯 헛구역질이 잠시 일었는데요
엉덩이에 가려 앞이 안 보였어요
엉덩이는 무슨 생각을 했는지
한 판 벌일 듯 씨름 자세를 취하는 것이었어요

아파아파 살살해라 고만,
엉덩이 안쪽에서 말소리가 새어 나왔는데요
가만 계셔 엄니 저녁 아직 멀었어요,
엉덩이의 답변이 들려오는 것이었어요

살집 많은 엉덩이 사이로 거푸집 하나 보였는데요

삭아 빠진 지붕의 서까래며

아귀가 맞지 않는 창문도 보였는데요

나는 그만 엉덩이에 질식할 뻔했는데요

차츰 창문 밖 달무리 걷히고

달빛이 환해지는 것이었어요

상임지휘자

울울창창 녹음의
이랑마다 신경을 곤두세우던 당신은
상임지휘자,

키워낸 농작물이지만
그것이 나였음을 깨닫는 데는 오래 걸렸다

계절마다 연주는 계속되고 있었던 것

그 지휘 따라
완행버스에 몸을 싣고 졸며 간 날엔
한 상 잘 차려진 여름,
마루에 앉아 음미하였다

고추 감자 참깨 등의 작물들이
현악기 관악기 타악기였는데

비 바람 햇살이 연주할 때
가부좌 튼 산은 관객
새들은 효과음을 냈는데

이 겨울,

요통을 앓는 허리를 아랫목에 누인 채 지휘봉 휘두르는 손
팔베개를 하셨다

텔레비전 드라마에 채널을 고정하지만 졸음에 겨워 금세
어두워지고 마는

어머니

오래된 성전

그 앞에선 바람을 말하지 마라

바람 속에 그가 앉아 있다

문은 닫혀 있고

누구든 그에게로 들어갈 수가 없다

까치집 한 채 틀어진 머리

햇발에 새치가 더럭 성을 내는 노년의 오후가

공원 벤치에 앉아 있다

구름을 둘둘 말아 입고

메마른 입술의 방언으로 비를 부르는 남자

세상이 온통 그의 정원이다

사람들 눈총이 사방 벽에 부딪혀도 아랑곳 않는

천정은 높고 품은 넓은 남자가

무언가를 골똘히 생각하는 동안

스쳐 지나가는 사람들과 나무와 꽃들은 그의 바깥이다

멀리서 보면 남자는 바깥과 한통속,

굽은 등 속으로 하루가 저물었는지

남자의 눈동자에 노을이 번지다 스러진다

오랜 침묵 앞에 어둠이 무릎 꿇는 저녁,

신문이 경건하게 펼쳐지고 있으나

누구라도 그 문 두드리고 들어가

촛불을 밝히려는 자 없다

또 다른 형식의 갈대 군락지

지하철을 타요 확— 스며오는 저녁의 냄새
하루를 사느라 온몸 열려 북새통 안에서도 달이 떠요
땀 냄새 풍기는 사람들을 검은 창문이 현상해 낼 때
온종일 없던 나를 직면하게 되고
피로를 전동차 소리에 말아 감아요

어제의 등을 또 만났을까
등과 등이 마주하는 순간, 눈 먼 사람 찬송가 소리
잠시 만난 등 떠밀며 차 안 저 칸 너머로 빠져나가고,
바싹바싹 붙어서는 어둔 시간을 자꾸만 밀어내는
열차 박동 소리에 젖어 흔들려요
모두가 같은 방향 흔들림, 조용한 생이 울렁거림

문이 열릴 때마다 열차는 울컥울컥
멀미처럼 사람들을 토해내고
그 토사물에 섞여 나도 함께 쏟아지고

전등 불빛이 달빛처럼 달라붙는 환승역 구간

종일토록 들끓는 발자국 소리들로 자전하고,

어디에서 와서 어디로 가는 걸까

바람에 지친 어깨들이 이리저리 흔들려요

내시경하다

산속으로 쑤욱 들어간다
내시경하는 데는 족히 두어 시간 걸린다
산행이란 나를 둘러보는 일이므로
오랜만에 둘러본 산
겨우내 없던 길이 생겨나고
나무들 뿌리 드러나 있다
위액 같은 흙과 범벅이 된 나뭇잎들
소화되어가는,
2월의 막바지를 살피며 거슬러 올라간다
모진 바람 견디며
새들은 겨울을 쪼았는가
빈 가지들 갈비뼈처럼 드러난
떡갈나무와
자작나무 군락을 지나는 동안,
군데군데 흉터가 드러난다
자주 산의 내부를 할퀴던 파랑주의보
물러갔는지
웅성대는 바람의 모의(謀議) 보이지 않는다

실핏줄 같은 산길을 돌아볼 때
까치 소리 내 뒤를 바싹 좇는 찬바람을 싹뚝,
자르고 날아간다
곧 봄비가 산의 상처를 씻고
햇살이 붙여질 것이다

한강대교를 건너며

날 흔들어 깨우느라 출렁이는 강물의 연구로
나는 늙어갔다
지하철 경로석에 앉아 있는 어머니는 말이 없다

열차의 빠른 속도에 물살이 가늘게 떨린다
잦은 비바람에 위험수위를 넘긴 적이 몇 번이던가
잉어랑 버들치 꺽지 같은 것들 흘러나와
팔딱였을 것인데
시나브로 범람했던 것인데

강물은 흘러가고 있다
누구든 흐르는 것을 막지는 못한다
나 또한 흘러만 가는 강물이니,
흘러왔고 흘러가야 하는 날들……

여울진 물살을 헤치며 한 마리 연어처럼
상류까지 거슬러 올라간다
햇살 고인 야트막한 소(沼)에 잠드는 비몽사몽,

열차가 급정거를 한다

노를 놓친 나를 받아안는 어머니

주름살이 합쳐지는 울돌목,

그 사랑 깊은 곳에 나는 빠져든다

달 항아리

동물 그림 달력을 부엌에 걸어놓고
한 달에 한 번 고기를 먹는 여자

사슴이 염소가 오리너구리가…… 사라졌다

설겅설겅 장독대 물 항아리에 칼 갈아 쓰는 여자
무딘 칼을 갈 때마다
달 이운다

노루가 노을 들판을 서성이고 있는 아주 위험한 달이야,
어항 속 금붕어가 지느러미 팔랑인다

저녁 식탁에 앉아 물끄러미
창밖을 내다보던 여자
입가 미소에 달빛이 번진다

타던 불길 사그라진
단풍나무, 빈 가지 위에 잘 벼린 칼 하나
걸려 있는 게 아닌가

제2부

출근길

많이 움직여 고달픈 건
손과 발인데
검은 옷의 사람들은

얼굴들이 어둡다
꾹 다문 입들,
어디로 가는 길인가
어김없이 나도 그 안에 들어 있다

모두들 시치미 떼지 마라

어머니의 어머니
그 어머니의 어머니……를
우리가 죽였다
조상들 모두 죽였다

　그리하여 아침마다 이 협궤 열차를 타고 평생토록 달려가
야 하는 것이다

테니스 치는 여자

새들을 하늘로 날려 보낼 건 뭔가

공 높게 띄워 라켓으로 허공을 휘두르다
일탈을 넘어 떨어지는 공,

그녀는 테니스를 친 많은 날들로
보이지 않는 날개를 가졌을 것이다

공원이 환해지는 이유는 무언가

발걸음 경쾌히
짧은 스커트 자락을 팔락였을 뿐인데

풀과 나무들에 물오르고
꽃망울졌다

탁탁,
고요가 엎질러지는 순간이다

날아드는 새소리들도 라켓으로 받아치는 그녀에게

바람은
날개 본을 떠가고

우기의 이면

날마다 우는 도시는 거대한 북이다
먹장구름을 찢고
누가 북을 울리는가

바람에 흔들리는 빗줄기들
북소리 진동과 파동이다

천둥이 친다
북소리 진폭이 크다
빗줄기로
하늘과 땅을 잡아매는 표면장력!

가지 많은 나무 바람 잘 날 없더니
가슴에서 먹장구름을 풀어낸 바다,
생전에 풀어내지 못한 푸르디푸른 당신 말들
그것이 우기의 연유이다

평생 입과 귀를 닫아걸고

자식 위해 온몸을 아끼지 않던

어머니,

그 나라에 임하옵고도 눈물로 연일

방언기도 중이시다

만물상회

어제도 오늘도 외출 중인 채

외출 중 팻말 하나,

먼지 낀 창가에 놓여 있다

만 가지 상(象)을 거닐던 벽시계가

팻말이 놓이면서 걸음을 멈추었다

그때부터

차츰 말라가던 군자란이

그를 걷지 못하게 된 소가죽 낡은 소파가

눈을 뜨지 못하는 알전구가

오매불망 주인을 기다리고 있다

그 속에서 아이들을 가르치고 혼인시킨

만물상(商) 메기수염을 달고 다니던 그,

겨울을 외출 중이라는 걸까

흘러간 세월에 흐려진 간판의 글씨가 햇살에 눈이 부신지

눈을 감고 있다

만물이 소생하는 봄은 오는데

힘들다, 힘들다는 말이 아예 눌러 붙은

당산동 후미진 골목길 가

그의 손때 묻은 자물통만이

가게를 지키고 있다

저녁의 동화
— 개 꼬리 의문부호에 온몸으로 쓰는 구어체 문장을
   달빛이 받아적는다

개소리로는 어둠을 몰아내지 못한다 데리고 나선 개는
저녁을 어슬렁 거슬러 올라와 운동장 모래밭에 발을 담근다
컹, 이란 한마디는 모래에 닿는 발바닥 감촉에 대한 소감일까
바깥에 익숙치 못한 개를 위하여
나와 한 단에 묶는다

달의 가장자리를 따라 천천히 원을 그리면서 달리면 되는
거란다
벤치에 앉아 피워내는 몇 송이의 꽃들과
공을 가지고 뛰노는 아이들
한 단의 어둠을 뒤따르는 사람들의 발자국 소리를
개는 곧바로 눈과 귀에 담는다
운동장엔 너를 닮은 귀들이 많단다 저길 좀 봐,
아이들을 지키느라 허리가 굵어진
저녁의 이야기들을 수천의 귀로 듣고 있을 나무들을

조그만 엉덩이를 키워낸 나무 의자며
팔뚝의 근육을 만들어낸 철봉대

수돗물 졸졸 흐르는 이야기들을

나무들은 어둠을 부려놓은 채 가만히 듣고 서 있을 뿐이야

한 아이가 머리를 쓰다듬으려 다가온다

컹!

짖지 마라, 너를 좋아하는 아이야

개가 꼬리로 어둠의 수면을 흔들기 시작하자

어둠이 손사래치며 개에게서 조금씩 물러난다

달의 눈이 휘둥그레졌다

그 액자 속에는

— 네모난 개구멍 속에는 아직도 찾아오는 개의 등을
말없이 쓸어주던 할머니와 암캐가 살고 있다

녹슨 양철대문에 액자가 하나 걸려 있다

액자 속에는 반쯤 부서진 집이 한 채,

라일락꽃나무 한 그루와 살고 있다

매일같이 바람이 그려지고 구름이 그려지다

지금 애기똥풀 노란 꽃이 고개를 내밀고 밖을 내다보고 있다

액자를

하루도 빠짐없이 찾아오는 건너 동네 사는 개

누렇고 덩치 큰 개는 횡단보도를 건너 어슬렁,

산동네 언덕길을 올라온다

도로 옆 낡은 대문에 걸린 액자 속 그림을 들여다보며

추억을 기웃대는 것인데

긴 꼬리로 물음표를 만들어 한참을 서성대다

아예 액자 속으로 기어들어 그림이 되어주곤 하는 것인데

그 액자 속에는 복실이와 허리 굽은 할머니가 살았다

개가 올 때쯤 복실이는 머리를 액자 밖으로 내밀고 기다렸다

답례로 개는 꼬리를 힘껏 흔들어주며

복실이를 핥아주곤 하였다

포크레인이 와서 집을 허물고 동네를 허물고,

그 바람에 할머니와 복실이는 그곳을 떠났다

동네 사람들 모두 떠나갔다

쓰레기 더미로 변한 빈집들을 오래도록 방치해두는 이유는

무언가

개꼬리 의문부호에 답변이라도 하는 듯

현수막이 펄럭인다

— 여기 사람이 살고 있다 내쫓지 마라!

무심무심 달의 궤도

하현달의 바퀴는 내리막길에 써 있는

녹색주차마을 유치원 앞 천천히……

길을 따라 흘러가고 있었다

페달을 쉬지 않고 밟아야 했으므로

김밥 집 메뉴로 저녁을 때웠다

일방통행하는 바람으로

황금당이나 고급 음식점 등은 커브 길이었다

경제는 변두리 풍경을 배회했다

치솟는 물가 액셀러레이터 밟을 때

그 누구도 그 속도 잠재우지 못했다

신호 대기 없이 사계가 흘러가고 있었으니,

나는 벚나무 꽃그늘 아래서

수없이 갈아 끼워야만 했던 바퀴를 세우고 싶었다

페달을 지르밟자

가로수의 나뭇잎들 우수수 떨어졌다

백미러 속으로 낯익은 도시가 이울고,

오디오 낡은 바이올린 선율이

달의 궤도를 돌면서

내게 오지 않는 계절은 무심무심

겨울 속으로 접어들고 있었다

팥배나무

해마다 이맘때면 팥배나무는 눈시울 붉어지겠다
참다가 참다가 눈물을 쏟아내겠다
나뭇잎마다 슬픔이 고이고
그 슬픔 우듬지 나이테에 새겨놓은 걸까

슬픔이 꽉 들어찬 허리를 두 팔로 안아보면
한아름밖에 안 되는 팥배나무의,
바람에 흩날리는 꽃잎 꽃잎들
그건 뚝뚝 떨구는 팥배나무 눈물이야,
슬픔이 몸속을 돌아나와 넘쳐흐른 것
지난해 오월 어느 날, 우리의 곡(哭)을 들은 것
우리는 팥배나무가 보는 앞에서

어머니를 선산에 고이 묻었어 어머니에 대해서 올케는 서
울로 시집가 살다가 친정으로 돌아온 거라 우리를 위로했지
만, 우리의 곡(哭)은 하늘나라 가신 어머니께 옷가지와 신발 가
방 등을 태워 연기로 다 올려 보내드릴 때까지 계속되었지

그 모습 지켜보며 눈시울 붉던 팥배나무,
이내 눈망울에서 눈물을 마구 쏟아냈지
할미꽃 혹은 둥굴레처럼 쪼그리고 앉아
팥배나무를 읽고 있을 때 그 눈물,
이제는 울지 말자 슬퍼하지 말자, 다짐한 내 어깨를 또다시
달~싹 달~싹 흔들어 놓았지

단추론(論)

　시장 난전, 나물을 펼쳐놓고 노인이 앉아 있다 그 모습 그
대로 봄을 뜬 민들레 하, 너도 시장 자락을 꼬옥 여미고 앉아
있는 단추였구나! 더 이상 감탄의 말을 잇지 못할 때 말줄임표
같은 개미 떼, 오늘을 채우러 어디로 출동하는 거지?

　세상 모든 단추들은 단단하다

　그러나 육교에서 만난 사내는 여미는 일이 잘 안되겠다 단
추 모양을 한 구름이 떠가는 저녁 속에 웅크리고 그가 엎드려
있다 여미지 못해 추운,

　단추란 여미는 것인데 구멍으로 들어가서 잘 채워야 하는데

　오늘 생선가게 텔레비전 화면으로 북상한 동백, 눈 발갛게
부릅뜨고 장을 보는 날 왜 바라보는 거지? 종일토록 구멍을
여며야 하는 나는 지경이 넓어진 식구들의 오지랖을 여닫는
일에 몰두한다

　사실 그건 나를 채우는 일, 나를 여미는 일

옥탑방 여자

공중을 가로지르는 빨랫줄에

햇살을 반으로 접고 있는 여자

커다란 담요를 널고 있는 여자

탁탁탁, 담요에 앉은 어둠을 털고 있는 여자

길 건너 숲이 덩달아 흔들리는데

난간에 아슬아슬

기대어,

하늘 브라운관 채널 한눈에 고정시키는 여자

햇살이 낙타 등에

둥지 틀려는데 모르는 여자

햇살을 한아름 구겨 안고

옥탑방으로 총총총 걸어가는 여자

빨랫줄에 앉은 고추잠자리 왕눈에

궁근 뒷모습 들어 있는 줄 모르는 여자

진달래꽃

이 봄엔
공중에 찔러넣은 새 울음도 꽃이야요
한 소절씩 뽑혀져 나오는

울음을 삼켰죠, 허공이
잠시 열렸을, 찰나에
입을 다물어 꽃을 삼켰죠

만개한 벚꽃 그늘 아래 앉아
눈물이 나오도록 환한 봄 바라보다 환장할

봄 속으로
내가 사라졌어요

아주 깊은 겨울을 참았던 꽃이어서 날고 길 줄을 모르는 꽃
이어서
고승처럼 침묵이 너무 긴 꽃이어서

울음을 멈출 수가 없어요
그 울음

바람에 펄럭대기도 하면서

내가 다 지기 전엔

목젖 환히 보이도록 앙앙! 이 봄을 하냥 울어대는

나는 울음이야요

지붕 위의 바이올린

음계를 오르듯 계단을 올라가 슬레이트 낡은 지붕을 바라보았다
현을 켜는 달빛이 어둠을 매만졌다

방바닥으로 선율이 뚝뚝 떨어졌는지
현과 현을 이은 곳마다 벽돌의 꿰맨 자리가 보였다

지붕으로 던져진 스펀지 강아지 집이며 녹슨 쇠파이프 조각, 지붕을 건너뛰며 바람에 날아왔을 옷가지가 한 몸을 이룬 채 숨죽여 엎드려 있었다
가설무대인 계절이 바뀌면서 고양이 느린 발걸음이 숨결을 조율하였다

하이소프라노 음역에 맞추어 현들이 가늘게 떨렸다
감겨진 밤의 속눈썹이 전율하였다

달빛 앞에서는 지붕도 공명판이 되는 사실을 목격하며 난간에 기대 서 있었다

빈 가지만 남아 키가 훌쩍 커 보이는 양버즘나무처럼 자신
의 내부가 속속들이 켜지는 줄 모른 채
　허공에 몸을 부려놓은 줄 잊은 채

　그때 바이올린 소리에 맞추어 바람이 뱉어낸 노래의 곡목
은 무얼까
　산 1번지 어둠이 켜지고 우듬지 어둠이 다 켜지는

　선율은 바람의 한쪽 어깨와 아래턱에 맞물린 채 서식하였다

구름 찻잔

찻잔을 기울이자 뭉게구름이 입술에 달라붙는다 수평선이
멀어진다 뻘밭 위 정박한 배는 갈매기 울음을 몇 말이나 적재
했는가 갈매기 떼 뻘밭 위에 주파수를 맞추느라 분주하다

찻잔을 기울일 때마다 점점 드러나는 갯벌, 꼬막 캐는 아낙
처럼 쪼그려 하루를 캐다 노을을 엎질렀다 서둘러 늙은 우리
들 사랑 갯벌에서 시작되고 멀어졌다 바다의 들숨과 날숨으
로 해가 뜨고 지고

우리가 나눈 대화 몇 토막, 웃음 몇 소절이 뻘밭 위 금빛으
로 펼쳐지는 시간, 멀리 뵈는 수평선이 팽팽하다 파도를 노래
할 수 없는 배 한 척! 구름도 흐르다 멈춰 서 있다 그러니 지금
은 낙지의 긴 다리나 농게 발들이 구름을 기어다닐 때 갈매기
가 울음으로 적요를 가위질할 때

덩그마니 앉아 있는 빈 잔이나 뻘밭 위 낡은 배는 기울일
바다가 없다 썰물의 시간이다 조용히 물때를 기다리고 있다

부표처럼 고기잡이배가 바다를 돌아올 때까지 물 들어올 때
까지

　아직 구름의 이야기는 끝나지 않았다

작약도

나보다도 섬이 먼저 도착해 있다

재갈을 입에 문 섬

바다와 잇닿은

백사장 허기를 짚고 물거품을 일으키는 파도,

날름거리는 혓바닥의 화두는 무언가

바다가 수시로 말 걸어오는

단단한 침묵을

한 바퀴 돈다

적막을 돌고

외로움을 돌았을 뿐인데

하늘가에 피워내는 작약꽃 송이들

바다로 떨어지는 꽃

떨어져 찰랑대는 꽃

하 수상한 문장이다 사방 써놓은

묵언의 방식은

파도로 배 밀어 네게로 띄워 보내는 표식일까

갈매기 울음을 허공이 꿀꺽,

삼키는

붉디붉은 저물녘

섬 하나가

찰방찰방,

바다를 걸어가고 있다

단풍나무 경전(經典)

　단풍나무 숲속으로 난 길을 따라 촘촘히 그늘이 깔려 있습니다 웅덩이에 고이는 물처럼 그 길 위에 그늘이 고입니다 숲으로 걸어 들어간 길 둥글게 굽어 있습니다 그늘은 그와 나 씨줄과 날줄이 아닐까요 한낮 햇볕의 공세에도 아랑곳없이, 모래톱 타넘는 격랑 아래 잠잠한 심해의 적막! 그늘 속에 그는 있고 나는 없습니다 그가 떠나고 빈자리에 날마다 그늘이 사육되고 있습니다 저녁이 저녁에 머물다 갑니다 단풍잎들은 온몸으로 땡볕을 일굽니다 서로 어깨를 기대어 서늘한 그늘을 만듭니다 날마다 그늘은 나를 불러냅니다 고요를 흔들며 내가 지나갈 때, 바람은 내 귓바퀴를 스치며 한 숟갈의 그늘을 퍼 그늘 밖으로 나르곤 합니다 그물망을 걸어놓고 갑니다 나는 그 위에 길게 흔들리며 한숨 잠이나 자고 싶단 생각을 해봅니다 그러나 무성한 나뭇잎들은 햇빛과 그늘의 경계, 나를 통제할 수 없는 구역입니다 그로 인해 단풍나무숲 그늘이 붉게 물듭니다 오늘은 누군가 내게 지독하게 쓴 것을 안길지라도 달디단 것을 뱉을 작정입니다

제3부

달 냄새

보름날이어서 나물을 먹는다

할머니 냄새가 나고
엄마 냄새가 난다

아궁이의 시간

잘 마른 청솔가지를 불쏘시개로 쓴다

장작을 한껏 쌓아올린 아궁이에

그걸 넣고 살살 부채질을 한다

탁탁, 불똥이 튀며 아궁이가 환해지기 시작한다

불꽃의 역사가 보인다

굴뚝은 연기를 어둠 속으로 뿜어낸다

살강 위 가지런한 그릇들이 고요를 얹은 채 숨을 죽인다

장작에 불이 붙어 스스로 타기 시작했으므로

부채질은 멈추어도 된다

뜨끈한 것이 구들을 돌아 벽을 타고 올라간다

지붕 틈에 세들은 딱새들

집의 온기를 품었는지 조용하다

타오르는 아궁이에 굵은 감자 몇 던져넣는다

잠자던 아이들은 이불을 걷어차고

감자가 익어간다

삐끔 열린 부엌 문틈으로 생쥐가 들어서다

냉큼 돌아선다

너와지붕 위에 잔설이 쌓인다

부엉이가 한밤의 절정을 알린다

밤에 묻힌 집 한 채가 몸을 튼다

타오르던 장작불 털썩 주저앉는다

창문 밖 가부좌 튼 시꺼먼 뒷산 한 걸음 물러선다

붉은 잎들

단풍잎들이 별을 닮았다고 생각한 적이 있다

비 닦인 단풍나무 숲속,
단풍잎들이 밤하늘 별의 수만큼이나 많다
오래된 나무일수록 품이 넓고 상처가 깊다

뿌리로부터 스며든 수액을 먹고 자란 이파리들의 결속,
천년의 바람을 쓸고 구름을 쓸고

손바닥들에 별들을 그러쥐느라 붉게 물들었다

한낮에도 햇빛이 들지 않는 씨줄과 날줄의 그늘이 고여 있는
숲속으로 길 하나 걸어 들어간다

길을 아는 자만이 다시 찾아와 읽는 붉은 잎들의 내용,

결(結)의 단풍잎들을 탐독하는 사람들은
적기(赤記) 오래 간직하려 카메라 후레쉬를 터트리며 필사를

한다

　이 계절엔 너 나 할 것 없이 한 잎 붉은 잎인데

　예쁘다 아름답다,라는 형용의 말들을 따스해 따듯해,라는
말들로 바꾸어 들어도 좋을 듯 한데

　나는 마음 가장 깊은 곳에 마우스를 클릭해 고요를 은밀히
저장하는데

　단풍 숲과 어우러진다 새소리 바람소리에 젖어

　숲이 북적이며 한 문장을 말하는 일은 오래 걸리지 않는다

물푸레나무는 플랫슈즈를 신지 않는다

발끝으로 천 켤레의 밤을 걸어가야 했다 발톱이 자라지 않는 가계를 이해하며 어둠을 삼켜야만 했다 달뜨는 밤엔 온몸이 열려 자전까지도 느낄 수가 있었다 덕지덕지 상처가 덧나고 아물었다 별빛을 불러 모아 한 걸음씩 밤을 디딜 때마다 키가 한 뼘씩 자랐다

발을 묻기 시작할 때 몸에는 강물이 흘렀다 계절이 푸르른 엽록소를 공중에 매달기 시작하자 분수처럼 햇살을 허공에 달아맸다 꼭 그만큼의 그늘을 내려놓았다 새들을 불러 모을 즈음 새들이 그늘을 퍼 날아간 강이 보이기 시작했다 강가에 앉았다 새 떼, 공중에서 꽃으로 피어나곤 했다 새들의 춤을 닮고 싶었다

말없는 발이 천리를 걸었으나 발끝을 세우는 일은 시작도 끝도 없었다 열 개의 발가락이 서 있는 자리는 끝이었고 시작이었다 꼼짝없이 플랫슈즈를 신지 않은 발은 어둠을 배회했다 바람은 오랜 침묵을 매만지다 사라지곤 했다 북서풍이 불었다 웅웅 않는 소리가 들려왔다 겨울이 되어서야 자신을 볼

수가 있었다 자주 발에 잡힌 물집은 강물 쪽으로 귀를 모았고,

외이도에 꽂히는 물결의 뒤척이는 소리는 물집의 울음을
위로하였다

풍향계

훌라후프를 돌리는 게 아니야

바람을 돌리는 거지

일기를 쓸 시간도 없어

나는 바람의 공장,

바람만을 공정하고 생산하지

바람이 부는 방향으로 돌고 도는 방랑자

너에게 달려가고 싶지만

꽃에게 나를 묻고 싶지만

아무것도 할 수가 없어

바람만을 말하고

일방으로 지시하지

새가 머리 위에 앉을 시간이 주어지질 않아

나는 고개만 끄덕거려

먼데를 바라보며 헛 발짓만 해대지

나뭇가지들 가리키는 방향에 대해

바람이 모른다는 건 내겐 큰 슬픔

햇살이 정수리에 꽂힐 때

잠자리 한 마리 솟아올랐지

그렇게 작은 풍향계는 처음 보아

어디서 날아왔는지 근원을 알 수는 없지만

내가 할 수 있는 일이란

잠자리 날아간 방향을 바라보며

날개 문양을 오래 기억한다는 거

바람은 또 다른 바람을 낳는다는 거

천마

히히힝, 그대에게 가는 길 멀고멀어 눈멀고 귀 감은 날들
천 년을 휘돌아 오늘밤도

따가닥따가닥, 말발굽 소리로 달려가요
자작나무 달빛에 하얗게 빛나는 다리들이
어둠 속을 달려가요

구름처럼 어둠에 부유하는 흰 몸
매달린 갈기와 꼬리털은 어둠을 노 저어저어 가요
들뜬 마음은 바람에 들춰지고요

예전의 달빛 여전히 그대로여서 밤새 총(塚) 총총 달려가요
세상을 향해 달리는 듯 나는 듯 천 년을 벽에 걸린 당신,

안으로 들어가요 요란한 말울음 소리
힘찬 날갯짓 발길질에 천둥이 울었을,
아주 오래전 하늘로 영혼 실어 나르던 기억과 만나요

땅속 깊이 감춰두었던 말들의 소통이 이루어지고

수천 년 썩지 않는 사랑이라는 말 공중에 떠다녀요

희고 늘씬한 다리에서는 푸른 빛 감돌고요

새들이 부리로 가장 먼저 새벽을 깨우는

뒷산 언덕 꿈꾸는 자작나무,

날아오를 듯 날개를 팔랑이며 서 있어요

말발굽 소리 귓가에 맴돌고

히힝, 밤의 껍질은 하얗게 벗겨지는데요

구름의 순장

신발을 벗으며 비문(碑文)을 새긴다
나는 집의 따스함을 껴입기를 즐긴다
노숙을 지나는 동안
내 안에 그를 묻을 수도 있겠다

한 생애를 족히 더듬어 올라가며
달팽이처럼 집을 껴입고서 보낸다
맨살이 가려진다
시계와 달력이 언제나 바라보고 있다

털신이나 고무신 또는
장화를 벗어두는 날엔
어머니의 닭들이 구구구구,
비문을 읊조리고
검둥이는 그 비문 베고 오수에 빠져들었다
창호지 문이 국화꽃을 노랗게 피우는 날이 있었다

그러나 이제 우물은 말라 있고

세상에 없는 당신이 내 안에 살아계시다

빗방울들이 무덤 속으로 스며든다

밥 한 그릇

눈 내린 어머니 산소에 가면 밥 한 그릇 생각난다

"애비야, 추운데 고생했다, 어서 들어와 밥 먹어라." "에미야, 애비가 집에 없어도 따순 밥 한 그릇 퍼 담아놓아야 한단다, 그래야 밖에 나가 밥을 굶지 않는 거란다." 당신의 방 따스한 아랫목 담요 속에 밥을 묻어두던 어머니, 애비를 기다리는 것일까 누우신 곳 밥 한 그릇 형상이다 어서 앉아라, 재빠르게 묻어둔 밥 한 그릇 내게 건네주는 것만 같아 그만 헛헛증다 가시고 서서히 아랫배가 불러오는 것이다 때까치 내내 짖어대고, 에미야! 애비야! 부르는 소리에 귀가 순해지며 밥 한 그릇을 향하여 묵례를 올리며 공손해진다

배롱나무

마당가 배롱나무 한 그루가 여름을 나고 있다 날아든 참새들 그늘을 탐독하는 동안, 그가 그늘을 깔고 낮잠을 자는 동안

주름살 쪽으로 여름을 끌어당기는 그, 낡아빠진 런닝구 가슴에서 해수 기침을 꺼낸다 쿨룩일 때마다 돋아나는 뻐꾸기 울음 그늘은 서서히 서녘으로 이동한다

골목길 누비는 발자국 소리만이 잎새에 꽂히고, 담쟁이는 그 대신 담 너머 골목을 물끄러미 내다본다 참새들을 불러들이는 개밥그릇, 짖는 일 없는 개, 텅 빈 집 한 채는 귀를 땅 위에 내려놓았다

나뭇가지들 가리키는 방향으로 낮달이 잠들어 있다 그늘을 따라 나무 속으로 들어간 당신, 붉은 기침을 토해낸다

저녁답

저 사내, 얼굴 불콰히 놀빛으로 물들었는데요 그 놀빛 골목
길에 잇닿은 집들 지날 때 유리창에 피었다 스러지곤 했는데
요 이따금 뱃속 가득한 어둠을 긁어 올려 뱉어냈는데요 초인
종도 안 누르고 발길로 대문을 걷어찼는데요

아롱이는 두 귀 바싹 세우고 꼬리를 살랑거렸는데요 시큼
털털한 술내가 계단을 걸어올라 왔는데요 툭, 튀어나온 입에
서 구토물이 그의 부도수표인 양 쏟아져 내렸는데요 사내 거
실 바닥에 대자로 드러누웠습니다 코 고는 소리 성난 파도처
럼 사나워졌는데요

꾸역꾸역 찾아드는 어둠, 산등성이 해 걸렸다 뚝 떨어져 내
렸는데요 그 빛 쉽사리 꺼지지 않는다고 갑골문자로 머리맡
에 쪼그린 그녀에게 말해주기라도 했는데요 사내 얼굴의 놀
빛 한동안 가시지 않았습니다

사랑초

사랑초 화분 하나 사왔다
햇살 자욱한 창가에
얼굴을 나와 마주보게 놓았다
몸을 틀기 시작했다
사랑초는 햇살 방향을 원했다
너를 바라보는 내 얼굴은 햇살이 아니냐고
화분을 돌려놓아도 보았지만
내게서 기어이 등을 돌리고 말았다
사랑초는 화분 위에 가부좌로
창 너머 산을 바라보고 있었다
나무들이 무시로 흔들리고 있었다
꽃대를 내민 며칠 뒤
꽃대 끝에 꽃을 매달았다
긍정이라는 말을 떠올렸다
물을 주고 어루만져주다 생각하니
사랑초는 내게 등을 보인 게 아니라
햇살을 내다보고 싶었던 것이다
이사 와서 햇살 방향으로 몸을 튼 건
사랑초만이 아니란 걸 알았다

겨울 모기

좀 일어나보라는 듯 귀에다 응급차 소리마저 냈던 거라 잠
에 빠진 내게 모기는

악수를 하자는 듯 손등을 물고 몇 마디 말이라도 나누자는
듯 입술을 물고 눈이라도 마주치자는 듯 눈두덩을 물었던 거라
11월의 끄트머리까지 내 잠을 물어물어 왔던 거라 지천명
을 깨웠던 거라

나는 허우적 허우적, 공중으로 두 손을 날려보지만 이내 잠
이 들고

손등에 입술에 눈두덩에 다녀갔음 마크를 확인하는 아침

하마터면 내 손바닥에 붉은 꽃 한 송이 피어나게 할 뻔한
모기야,
실을 바늘허리에 매어 못 쓰듯 급할수록 돌다리도 두드려
보고 건너가야 하는데

차안과 피안의 경계에서

고 쬐매한 날갯짓으로 내 잠을 팔랑이며 어쩌자고 고지질
혈증 내 피를

물어갔더란 말이니

어떤 보고서

　무슨 생각을 그리 곱씹어댔단 말인가 땅 위엔 온통 이빨 자
국이다

　씹고 또 씹어대느라 나무는 공중에 잎들을 올려놓았던 거다
그러니까 낙엽들은 어금니 자국이다

　땅 위에 다 떨구어놓은 이파리들
바람에 뒤척인다

　소처럼 젖은 생각을 꺼내 씹었다 큰 눈을 꿈뻑거리면서

　어두워진 마음을 깨무느라
그 위에 뜬 별들을 깨무느라

　파리하게 볼 야윈 그

　파산의 대책은 쉬이 강구되는 일 아니라고,
봄까지는 어차피

하늘을 거울처럼 들여다보며 구도의 자세로 잘근잘근

푸른 밤을 되씹어야 할 일이라고

씹는다 하도 씹어서 빈 가지 끝 벌겋게 달아오른 몇 장 안
남은 잎사귀들 위에
　바람의 이빨 자국이 성긴다

그늘은 신발이었다

나무는 일 년에 한 번 신발을 갈아신는다 잎이 무성한 나무
일수록
　신발의 문수가 크다

　신발을 신고 나무는 어디로 가고 있었을까

　매년 그러하듯이 환희에서 우울이 끝나는 곳까지 걸어가
　신발을 벗어버린다

　언젠가 나 기쁨의 반대말이기도 했던 때처럼 무작정
　맨발로 걷다,라는 말의 뜻은 아니다 새봄을 걷기 위해 기꺼
이 바람의 뼈가 되어주는
　벗다와 신다 사이 행간은

　나무가 맨살인 발끝으로 가만히 구름을 만져보는 시간이다

　매미들 울어대던 그늘은 모두 어디로 갔나,
　나무의 발가락이 보인다

　그늘을 키워온 나무,

그늘이 바삭바삭 걸어갔다

맨발인 나무에 기대어 햇살에 비추인 나무의 발가락을 바
라본다

나를 다녀간 신발들,
키워온 신발들이 걸어갔다

신발과 함께 사라진 날들
황홀히 꽃길을 걷는 신발의 연대기는 없나,
그늘을 갈아신으며

나는 여기까지 온 것이다

종이비행기

　허리가 반으로 접히고 다리가 접힌다 먼저 간 할매가 접히고 오지 않는 자식이 차례로 접힌다

　재활용품을 끌고 나오는 노인,
　벽을 밀어내며 접혀진 생을 골목 밖으로 끌어내고 있다

　납작납작 세월을 펴서 누르자 신문이 개켜지고 상자가 개켜지면서 날개가 돋아났다

　리어카에 쌓아올린 하루를 끌고 나오고 지루한 겨울을 끌고 나오고,

　바퀴 자국은 노인의 숨소리처럼 고르지가 않다 바람에 가벼워진 몸 싣고 휘어진 골목을 몇 번이나 돌아나온 것일까
　햇살이 접힌 등 위에서 굴절을 한다

　노인이 내리막길 위에다 몸을 부려놓는다 차들이 아슬아슬 비껴가면서 내달릴 것이다
　마지막 숨을 크게 몰아쉰다

　내리막길이 깊게 파인다

제4부

감자

평창군 진부면 송정리, 감자 마을
이 고장 명창인
뻐꾸기 소리를 들으며 늙으신 외삼촌이
감자를 심습니다

들일을 하시느라
호미를 닮은 몸이
밭이랑 같은 주름살이 평생
바람이 필사한 흙 위의 문자를
북돋아주시곤 하시는데

흐려진 눈 깊이
아직 키워야 할 그 무엇이 남아 있다는 것인지
도드라진 흙 위에
싹이 나고 잎이 나서… 감자,
그 깊은 뜻을
어찌 헤아릴 수 있겠는지요

목련미용실

구름을 만다

그녀, 탄주(彈奏)하듯 서서

어둠을 싹뚝싹뚝 잘라낸다

거울에 비친 하루가 궁금하여

창문 밖 바라보면

지나가는 차들이 안단테로 흐른다

하루하루 노을을 물들이고

별들로 장식했으나

창 너머 배경 여전하다

그녀가 길들인 오후는 수족관에 갇혀 있다

돌이켜보면 그녀에게 다녀간 봄날은 짧았다

때가 되면 창마다

편지를 써 붙여놓곤 하지만

정작 봄이 되면 아득하여져서

바람에 흩날려 보내고 만다

바람은 빛바랜 말들을 누구에게 전달한 것일까

새들이 꿈을 꾸며 공중에서 잠자는

온종일 가위질한 어둠 쓸어 가둬놓는 시간,

하늘을 보면

또박또박 적힌 별의 필체가 그녀를 반긴다

비로소 그녀는 그녀에게로 가 펼쳐지는

밤하늘

일기장엔

보름달로 피워낼 배고픈 달

흰 목련처럼,

온 밤이 환하다

감자 캐는 아낙들

비포장 도로변 밭이랑에
씨감자 같은 아낙들
두툼한 살집 땅 위에 접으며
이야기 싹을 튼다
옹이진 손아귀마다 구부정한 몸들 닮은
호미 자루 들려 있다
덩굴진 감자 줄기를 잡아 훠이, 훠어이
어둔 시간을 걷어내며 이야기꽃을 피워낸다
씨눈 터지는 소낙비 같은 웃음소리는
좀처럼 펴지지 않는
저린 삶 같은 세월 밀어낸다
흙의 맥을 짚어가며 호미질로 살살 흙을 발라 뿌리 잡아당
기면
큰 놈 작은 놈 할 것 없이 한 무더기 딸려 나온다
– 이놈들 다 품 안에 자식이여
　기껏 키워 **뿔뿔**이 흩어지면 남남이지
한 줄기에 주렁주렁 매달리던 이야기들 와르르르,
떨어져 나와 밭이랑에 수북히 쌓인다

뽀얀 먼지를 일으키며 완행버스 한 대 잠시 멈췄다

더딘 시간을 끌고 덜컹덜컹 지나가면 어느덧

생의 저편에 완강히 버티고 앉은 아낙들이 보인다

단풍나무

산문 밖 단풍나무는
고양이 눈빛으로 변하여 간다

한뎃잠을 즐기다가
보이지 않는 곳에 자신을 쌓던 녀석의 젖은 얼룩을 빨아들여
하늘을 꾸미는 아라베스크

활짝 날개 펴는 내력을 나는 알 것 같다

네 아래 둥지 튼 고양이 얼룩이
뿌리 쪽으로 스며들었을 터이고,

얼룩은 담장을 뛰어넘어
공중으로 올려졌을 것이다

활활 타오르는 불길이 사나움,
나는 등을 돌리려던 발걸음을 멈춰 선다

불티가 내 눈에 들어와 박힌다

야옹야옹,

차에 치여 날카로운 발톱 허공을 긁어대던 기억을 다 태우고

내 그늘까지 쬐여준다, 너는

정원사

저 양반 또또 정원에 서서 담배를 피워문다

담배를 뿜어 올릴 때마다
장미꽃이 한 송이씩 피어나고
흰 나비 떼 날아든다

나비 날리고
장미꽃을 피우는 것만으로
하루를 살고 있는 양반,

온종일 번민을 자르고
한 생애를 가위질해 일궈낸
저녁노을로

정원을 붉게 물들인다

만월

1

남산 아래 해방촌에서 왔다는 그녀, 나와 전세계약을 맺네
두 눈에 초점을 찾지 못하는 덩치 큰 올드미스 그녀, 꽃무늬
기계자수가 놓인 쉐타를 입고 있네 자칭 쉐타 기술자라네 이
것도 내가 만든 쉐타예요, 말하는 대신 앞가슴에 붙은 기계자
수 꽃이 출렁이며 웃고 있네 빈 방을 한 번 훑어보았을 뿐인데
그녀 선뜻 계약금을 내게 내미네 호박잎 까칠한 손 보이네

2

누군가 대문을 세차게 두드리네 그녀, 달빛 왕관을 쓰고 나
타났네 그녀의 눈 속에 별이 박혀 있네 이 근방에는 쉐타 공장
이 없어 취직을 할 수가 없다는 것이네 사실 취직이 어려우니
계약금을 돌려달라는 것이네 나는 하늘을 보네 별 몇이 내게
윙크를 보내오고, 달빛 속에서 우리의 계약이 취소되네 그녀
는 까만 비닐봉지를 내게 건네주고 달아나네 고마워요, 휘파
람처럼 외치며 골목길 돌아갈 때 그녀 머리의 왕관이 자꾸 벗
겨지려 하네 나와 달은 동시에 비닐봉지 속을 들여다보네 구
론산–D 몇 병 발견하네

썰물의 시간

바람이 불어올 때마다 파고(波高) 높아 사내는
물때를 살피느라 짠 물살 속에 납작 엎드리고

녹음된 찬송가 메들리로 그물을 드리운다
그물이 물살에 쓸려 멀리 멀리 퍼져나간다
사내를 중심으로 밀물과 썰물인 다리들이
하루종일 찰랑대며 교차하는데
이곳에서는 모든 이의 하루가 신발처럼 젖어 있다

비린내 질펀한 바닥을 쓸며
검정 고무 옷의 사내는 잘려나간 두 다리
뭉뚱그리며 제 몸집보다
몇 갑절 커다란 리어카 앞에 앉아 있다
사내는 녹음기의 볼륨을 높이고
때밀이 타올, 수세미, 행주 등을 외쳐본다

걸려드는 이 없어도
드리운 그물을 접을 수는 없다

찬송을 따라 읊조리는 그의 어깨가
파도처럼 출렁거린다

발밑에 엎드려 사는 법을 터득한 사내
그가 만난 세상은 짜디짠 바다여서
스스로 닻이 되어 바닥까지 내려앉는 걸까

일렁이는 그물 속에
사내의 하루가 잡혀 올라온다

관리인에게 듣다

빈 소주병 몇 땅바닥에 나뒹굴고
바람소리 풀풀 날리고 있었지요

얼마 전부터 사내는 공원의 등나무 아래 벤치에서 잠을 잤
는데요
　푸른 잎사귀에 이제 막 피기 시작한 등꽃 이불을 덮고 잤는
데요
　등꽃 향기가 코를 찌를 때면
　사내 눈가 주름이 살짝 펴지기도 했습니다

얼굴에 눈물 콧물 마른 자국을
마지막 유언처럼 남겨놓았구요
저승까지 걸어가려 했는지
낡은 구두를 신은 쓸쓸한 집 한 채 달랑
벤치 위에 남겨놓았어요

이보소 이보소 몸을 흔들어 깨우다가
거 뉘 없소? 불러도 보았지만

대답 대신 넝쿨들은 가는 손 내밀어 일제히
텅 빈 하늘을 가리키고 있었지요
조등(弔燈)인 양 등꽃들은 불 환히 밝히고 있었어요

삶은 다 이런 거라는 듯
등나무는 몸이 뒤틀려 있었구요
하늘엔 유난히도 환한 구멍 하나
무엇이든 빨아들이는 밤이었습니다

콩나물 설법

까만 보에 쌓여
어둠 속 웅크린
알 깨어난다

고개를 밀어올리며
세상을 향한
물음표로 자란다

한 줌에 딸려나와
누군가 몸 깨끗이 씻어주는 날
둥그런 들통 열탕에 들어
거듭난다

무료 급식판에 담겨
한 숟가락 둥둥 공중에 떠오를 새
일생 딱 한 번 햇살과 눈 마주친다
바람벽에 기대앉은 목젖을 뜨겁게 적시고
또다시 어둠에 잠겨들며

노숙자의 빈 속을 달래주는,

생을 향한 물음표는
그렇게 사라진다

양푼 하나

개가 핥고
바람이 핥고

한낮인데도 찌들어 광도 안 나는
찌그러진
양푼 하나,

거푸집을 지키며
쪼그려 앉아 있다

올 우기엔
빗물을
몇 양푼이나 받아낼까

찌그러져 한 양푼이
반 양푼이 된,

개밥그릇
개의 허기를 채워준다

고양이가 있는 골목

태양빌라는 벽에다 햇살을 부려놓았다

창문 쪽으로 성큼 다가선 목련꽃 송이들,

그녀를 엿듣고 싶은 것이다

고양이가 올려다보는 202호

여자가 창문 밖으로 고개를 내밀고 서 있다

그릇에 봄을 비빈다

달그락 달그락 숟가락 부딪는 소리

고양이는 주파수를 맞추느라 귀를 바짝 세운다

고양이 뒤로 넘어가겠다

눈 빠지겠다 생각하는 사이 툭, 툭툭

여자가 한 숟가락씩 떨어트린다

고양이가 핥아먹는다

목련꽃 벙근다

묵언의 대화가 이루어지는 고양이가 있는 골목,

아침은 누군가를 기다리느라 문을 열어놓았다

고양이가 매일같이 바라보고 앉아

오늘도 여자는 창문 쪽으로 다가서느라

파도처럼 몸을 출렁인 것이다

울음의 거처

나무가 봄부터 연두를 밀어낸 건
초록의 잎새마다 그늘을 드리운 건
저 울음 때문인 것을 나는 안다

나무들은 저마다 LP판을 몸에 걸고,

이른 아침부터 서서히 매미 울음 돌아가고 있다 일제히 숲
으로 번지는 매미 울음

며칠의 울음을 위하여 땅속에서 수년간 근신한
매미들을 맞으려
산은 진작부터 잎들을 키우며 꽃들로 장식하고
새들을 풀어놓았던 것

하늘을 향하여 소리쳐 외치는 매미 울음의 간구로 나무등
걸에 써놓은 허물은
묵시록일까
울음이 너무 격하여서 매미들 산을 떠메고 날아오를 태세다

— 그건 내 산이란다, 숲 쪽으로 난 창을 활짝 열고 나 늘 산

을 *바라보았으니 그건 내 산이란다,*

갑자기 후둑후둑 떨어지는 소나기에 바늘이 튄다 매미 울
음 잠시 멈춘다 먼 곳을 바라보면 바다가 있는 방향 먹구름이
피어올랐다 먹구름이 울음의 징조인 것을, 바다도 가끔 운다
는 것을
쏟아지는 소낙비가 증거

소낙비가 LP판에 튀었는지 매미 한 마리 창문 모기장에 날
아와 박힌다
맴맴맴매에~~

내게 무슨 할 말 있나?

나무가 도구를 사용해 소리 내어 쓰는 말을 나는 한 자루
볼펜이 먹빛으로 토해내는 뜨거운 울음으로 받아적는다

매화

벙그는 꽃잎 사이로

어머니의 그 옛날이 걸어나오네요

인사동 입구로 들어갈 때였어요

전통 혼례가 치러졌는지

상모꾼들은 꽹과리를 치며 봄을 돋우었어요

어린 신부의 입에서 연지곤지 찍은 미소가

헤실헤실 새어나와요 한 잎 꽃잎이라고

피어나고 싶은 사람들은 한데 어울려

혼례장을 여러 겹 둥그렇게 에워싸고요

상모꾼들은 긴 상모 끈으로 지구를 몇 바퀴나 돌리는지

나는 깨금발로도 안이 잘 보이질 않아요

겹겹 매화꽃 속이 더욱 궁금해지고요

그러나 벌어지는 꽃잎 사이로

그 장면들을 놓치지 않아요

꽹과리소리에 얼어붙은 마음들

쩍쩍 갈라지는 소리 들리네요

꽹과리소리는 길 건너 공원까지 날아가

노인들을 불러냅니다 온종일 심심한 노인들이

우르르 몰려나오고요

틀니마저 빠져버린 입들이 호물호물 웃어요

신명나는 소리에 봄이 벙글어

어머니를 만나게 되는 걸까요

어깨춤을 추느라

꽃이 활짝 피어나는 줄도 몰라요

문

얼마나 간절하면 문(門)이 되는 것일까

상도동 약수터 길 들어서면
두 그루의 밤나무가
길을 사이에 두고
긴 팔을 벌려 맞잡은 채 마주 서 있다

가지들 하늘을 향하지 않고
구부려 안은 뜻을
직박구리가
개망초꽃이 말해주지 않아도
나는 알겠다

두 나무 뿌리들 엉켜 있을 것인데
마주 보고 수없이 나눈 대화를

받아 적은 잎들이 팔랑인다

■ 해설

울음으로 세운 소리의 건축술

서안나

1. 울음으로 세운 성과 그늘의 내력

이순주 시인은 2001년 『미네르바』로 등단했으며, 이후 2008년 『한국기독공보』 기독신춘문예에도 시가 당선되어 문단에서 활발하게 창작활동을 펼치고 있다. 또한, 2004년 『조선일보』 신춘문예에 동시로도 등단하는 등 등단 이후 지속적인 시적 갱신을 시도하여 자신만의 독창적인 시 세계를 보여주고 있다.

이순주 시인의 시집 원고를 받아들고 시를 오래 읽었다. 등단 10여 년 만에 엮어내는 첫 시집이기에 시집에 실린 작품 면면들이 만만치 않은 내공을 갖추고 있었다. 그 내공이 힘이 뿜어내는 아우라가 깊고 짙어 이순주 시인의 시집에서는 시의 서정적 결이 깊고 미려하다.

이순주 시인의 시집 『목련미용실』(푸른사상, 2013)은 마치

한 폭의 수묵화에서 흘러나오는 고요한 강물 소리를 닮아 있다. 현란한 수사와 폭력적 이미지의 나열보다 무채색의 먹먹한 시어들이 물길이 되어 시를 읽는 이들의 마음에 스며들 것이다. 아마도 그 강물의 깊이는 독자들의 마음 한편에 지워지지 않는 물무늬의 흔적을 남겨놓을 것이다.

그 물무늬의 흔적 속에는 사물의 소리와 인간의 슬픈 울음 소리 등 청각으로 포착되는 '소리'가 편재해 있다. 이순주 시인의 시집 특징은 오감 중 청각 이미지가 전면적으로 부각되고 있다는 점이다. "나무"의 "울음"과 자연의 다양한 사물 소리는 삶의 역동성의 표상으로 이러한 청각의 감각적 요소들은 시인의 시 세계를 개성적으로 드러낸다.

이푸 투안은 『공간과 장소』(구동회·심승희 역, 도서출판 대윤, 2007)에서 "소리는 공간 인식을 넓혀주어 뒤쪽의 보이지 않는 지역을 알 수 있게 해주며 소리를 통해 공간 경험을 극적으로 표현할 수 있다"고 말한다. 김성재 역시 「한국의 소리 커뮤니케이션」(『한국언론학보』 48권 1호, 한국언론학회, 2004, 262~263면.)이라는 글에서 "소리는 비언어적 커뮤니케이션이지만 반복적으로 회귀하는 리듬을 바탕으로 의식으로 정착되기도 한다. 또한 인간을 정서적으로 구원하는 역할을 하기도 하며, 의식이나 예술로까지 승화될 수 있는 종합적인 의미 전달 및 공유 행위"라 강조하고 있다.

이순주 시인의 시집에서도 이푸 투안이나 김성재의 지적은 유효하다. '소리'의 사전적 의미가 "물체가 진동했을 때 청각으로 느끼게 되는 것[音]"임을 상기할 때, 시인은 시집에서 다양한 소리 혹은 '울음'이라는 청각적 요소를 통해 "뒤쪽의 보이지 않는" 생의 비애를 전면화하는 독특한 "공간 인식"을 펼쳐 보인다. 또한 시에서 반복적으로 나타나는 사물과 인간과 자연의 소리는 하나의 리듬을 형성하고, 이때 형성된 리듬은 시인의 의식으로 정착되어 실존의 고투를 구현하고 있다.

특히, 시에서 시적 화자가 "울음은 성을 만든다"는 진술에서 시적 화자는 "울음의 성"이란 건축물을 세우기 위하여 울음으로 무게 중심을 버티는 기둥을 세우고, 지붕과 벽과 문을 만들어 외부 공간과 단절된 시인만의 새로운 내부공간을 탄생시키고 있다. 그렇다면 시인은 어떠한 건축술로 "성(城)"을 탄생시키고 있는가?

울음은 기도였으므로 그 누구도 잎새에 달라붙은 울음을 떼어낼 수는 없다
숲을 뒤덮는 매미 울음 그대로 천장이 된다

날마다 천장에 슬픈 악보가 그려졌다
구름을 만져보고 싶은 날이 있었다

울음은 안식을 거느렸으니,

페이지가 펼쳐질 때마다
땅바닥에 안식을 번식시켰다

나는 잠시 어느 고요한 유배지를 떠올리고,
바람이 타고 내려간 언덕배기 버려진 기타에서 늙은 여자의 울음소리가 났다 낯익은 저 울음은 너무 많은 그늘을 지나온 내 이

력의 후렴부였구나

잎새 뒤에 숨어 울고 있는 새여!
이곳에서 나무들은 어떤 울음도 귀 기울여 듣는단다

천장이 또다시 거세게 흔들리기 시작한다
그늘이 뚝뚝 떨어져 내린다

뒤꿈치 든 나무들은 기둥이 되고
수천 년 천장을 떠받들고 서 있을 것이다
　　　　　　　　　　　　—「울음은 성(城)을 만든다」 전문

매미들 울어대던 그늘은 모두 어디로 갔나,
나무의 발가락이 보인다

그늘을 키워온 나무,
그늘이 바삭바삭 걸어갔다

맨발인 나무에 기대어 햇살에 비추인 나무의 발가락을 바라본다

나를 다녀간 신발들,
키워온 신발들이 걸어갔다

신발과 함께 사라진 날들
황홀히 꽃길을 걷는 신발의 연대기는 없나,
그늘을 갈아신으며

나는 여기까지 온 것이다
　　　　　　　　　　　　—「그늘은 신발이었다」 부분

나무가 봄부터 연두를 밀어낸 건
초록의 잎새마다 그늘을 드리운 건
저 울음 때문인 것을 나는 안다

나무들은 저마다 LP판을 몸에 걸고,

이른 아침부터 서서히 매미 울음 돌아가고 있다 일제히 숲으로
번지는 매미 울음

며칠의 울음을 위하여 땅속에서 수년간 근신한
매미들을 맞으려
산은 진작부터 잎들을 키우며 꽃들로 장식하고
새들을 풀어놓았던 것

(중략)

내게 무슨 할 말 있나?

나무가 도구를 사용해 소리 내어 쓰는 말을 나는 한 자루 볼펜
이 먹빛으로 토해내는 뜨거운 울음으로 받아적는다
—「울음의 거처」 부분

일반적으로 '울음'이란 사람이 고통스럽거나 감동하였을
때 감정의 고양 상태에서 나오는 정서 반응 중의 하나이다. 시
에서 "울음"은 마치 벽돌이나 건축 자재처럼 성(城)을 만드는
구성 재료로 구체화되어 있다. 울음이 우뚝 솟아올라 한 채의
웅장한 울음의 성(城)인 나무를 일으키는 '소리의 건축술'을

선보이고 있다. 이때 벽돌처럼 구체화한 "울음"은 "기도"의 형식을 지닌다. 울음이 기도이며 "잎새에 달라"붙어 "떼어낼 수" 없을 만큼 점성의 성질을 지니고 있기에, "숲을 뒤덮"어 "천장"처럼 솟아오를 수 있다. 그 때문에 나뭇잎과 한 몸이 된 울음으로 울창해져 높이 솟아오른 나무는 "날마다 천장에 슬픈 악보를 그"리게 되는 것이다. 더 나아가 나뭇잎과 밀착된 자연으로서의 울음의 "페이지가 펼쳐질 때마다/땅바닥에" 그늘로 "안식을 번식시"키기도 한다.

울음이 나뭇잎과 밀착되어 천정처럼 솟아오르고, 나뭇잎과 밀착된 울음이 그림자 혹은 그늘로 땅에 덮일 때 그 그늘은 시적 화자로 하여금 평안함을 느끼게 한다. 때문에 시적 화자에게 "울음은 너무 많은 그늘을 지나온 내 이력의 후렴부"와 동궤를 이룬다. 왜냐하면 "나무들은 어떤 울음도 귀 기울여 듣는" 대상이며, 열심히 타인의 울음에 귀를 기울인 덕에 "천장이 또다시 거세게 흔들리기 시작"하고 "그늘이 뚝뚝 떨어져 내"리기 때문이다.

작품 「그늘은 신발이었다」에서도 "나무"의 "울음"은 "그늘"을 통해 드러나고 있다. "나무"는 "울음"을 내장한 "그늘"을 "키워"왔으며, 시적 화자는 "맨발인 나무에 기대어 햇살에 비추인 나무의 발가락을 바라"보면서 "그늘을 갈아신으며//나는 여기까지 온 것이다"라는 진술을 통해 나무에 시적 화자의 감정 상태가 투사되고 있음을 알 수 있다.

「울음의 거처」에서도 시적 화자는 "나무가 봄부터" "연두" 빛깔의 새싹을 틔우고, "초록의 잎새마다 그늘을 드리운 건" "울음 때문인 것을 나는 안다"라고 진술하고 있다. "나무들은 저마다 LP판을 몸에 걸"고 있는 것처럼 "울음"을 그늘의 형상으로 쏟아내는 대상이다. 이러한 나무의 울음은 곧 '매미'로 전이되고, 산은 그 울음의 향연을 위하여 "산은 진작부터 잎들을 키우며 꽃들로 장식하고/새들을 풀어놓았던 것"이다. 따라서 시적 화자에게 있어 "나무"란 시적 화자의 감정 상태가 투사된 대상이며, "울음"으로 무게 중심을 버티는 기둥을 세우고, 지붕과 벽과 문을 만들어 외부 공간과 단절된 시인만의 새로운 내부공간의 표상임을 알 수 있다.

2. 팥배나무의 추억과 울음의 진원지

앞서 살펴보았듯이 시적 화자가 세계를 파악하고 인식하는 방식은 "소리"나 "리듬"과 "박자"이다. 이때 이 모든 소리를 받아들이는 대상은 "나무" 혹은 "꽃" 등의 자연이다. "따가닥 따가닥, 말발굽 소리로 달려가요/자작나무 달빛에 하얗게 빛나는 다리들이/어둠 속을 달려가요"(「천마」)에서처럼 "자작나무" 역시 "말발굽" 소리와 그 리듬을 통해 파악하고 있다. 또한 "골목길 누비는 발자국 소리만이 잎새에 꽂히고, 담쟁이는 그 대신 담 너머 골목을 물끄러미 내다본다 참새들을 불러들이는 개밥그릇, 짖는 일 없는 개, 텅 빈 집 한 채는 귀를 땅 위에 내려놓았다"(「배롱나무」)에서 "텅 빈" 고향 집은 "개"도 "짖는 일 없는" 곳이며, "귀를 땅 위에 내려놓"은 무성의 공간으로 삶의 역동성이 소거된 곳으로 드러나고 있다.

이와 같이 시적 화자는 세계를 소리인 청각적 감각으로 파악하고 있으며, 이때 소리가 "울음"의 형식으로 드러난다는 점에서 "나무"나 "꽃"이 지니는 치유성은 각별하다. 시인이 특히 "나무"가 세상의 모든 소리를 수용하는 대상이며, "울음" 소리에 귀를 기울이는 것은 곧 시인의 시적 세계의 지향점과 연관이 깊다고 볼 수 있다.

얼마나 간절하면 문(門)이 되는 것일까

상도동 약수터 길 들어서면
두 그루의 밤나무가
길을 사이에 두고
긴 팔을 벌려 맞잡은 채 마주 서 있다

가지들 하늘을 향하지 않고
구부려 안은 뜻을
직박구리가
개망초꽃이 말해주지 않아도
나는 알겠다

두 나무 뿌리들 엉켜 있을 것인데
마주 보고 수없이 나눈 대화를

받아 적은 잎들이 팔랑인다

　　　　　　　　　　　　　　　　—「문」 전문

　작품 「문」에서도 알 수 있듯 시적 화자에게 "약수터 길"에서 마주치는 "두 그루의 밤나무"가 "긴 팔을 벌려 맞잡은 채 마주 서" 있는 까닭 역시 "두 나무는 뿌리들 엉켜" "마주 보"

며 "대화"를 나누는 것으로 해석된다. 이처럼 "나무"가 울음을 우는 존재인 동시에 소통의 "문"처럼 아픔을 위로하는 대상으로 묘사되고 있다.

그렇다면 왜 나무는 모든 소리 혹은 아픔을 수용하는 대상으로 확장되고 있는가? 그 이유는 "나무"와 "어머니의 죽음"이라는 사건이 긴밀하게 연루되어 있기 때문이다.

해마다 이맘때면 팥배나무는 눈시울 붉어지겠다
참다가 참다가 눈물을 쏟아내겠다
나뭇잎마다 슬픔이 고이고
그 슬픔 우듬지 나이테에 새겨놓은 걸까

슬픔이 꽉 들어찬 허리를 두 팔로 안아보면
한아름밖에 안 되는 팥배나무의,
바람에 흩날리는 꽃잎 꽃잎들
그건 뚝뚝 떨구는 팥배나무 눈물이야,
슬픔이 몸속을 돌아나와 넘쳐흐른 것
지난해 오월 어느 날, 우리의 곡(哭)을 들은 것
우리는 팥배나무가 보는 앞에서

어머니를 선산에 고이 묻었어 어머니에 대해서 올케는 서울로 시집가 살다가 친정으로 돌아온 거라 우리를 위로했지만, 우리의 곡(哭)은 하늘나라 가신 어머니께 옷가지와 신발 가방 등을 태워 연기로 다 올려 보내드릴 때까지 계속되었지

그 모습 지켜보며 눈시울 붉던 팥배나무,
이내 눈망울에서 눈물을 마구 쏟아냈지

할미꽃 혹은 둥굴레처럼 쪼그리고 앉아
팥배나무를 읽고 있을 때 그 눈물,
이제는 울지 말자 슬퍼하지 말자, 다짐한 내 어깨를 또다시
달~싹 달~싹 흔들어 놓았지

—「팥배나무」전문

「팥배나무」에서 등장하는 "팥배나무"는 사진을 찾아보면
자잘한 흰 꽃이 무척 아름다운 꽃이다. 5월에 꽃이 피고 가을
경에 열매를 맺는데, 그 열매 모양이 팥알을 닮았다고 해서 붙
여진 이름이다. 팥배나무는 그 앙증맞은 열매가 예쁘고, 내한
성이 높고 척박지에서 생육이 잘되는 나무라 한다. "두 팔로
안아보면/한아름밖에 안 되는" 나무이다. 그런데 이 "팥배나
무"는 "슬픔이 꽉 들어찬 허리를" 지니고 있으며, "바람에 흩
날리는 꽃잎"은 "팥배나무 눈물"이며 팥배나무가 "참다가 눈
물을 쏟아"내는 이유는 "나뭇잎마다 슬픔이 고이고/그 슬픔
우듬지 나이테에 새겨"놓았기 때문에 "슬픔이 몸속을 돌아 나
와 넘쳐흐른 것"이라 진술하고 있다.

이렇듯 시적 화자에게 팥배나무가 슬픔의 이미지로 간주되
는 이유는 "어머니의 죽음"에 있다. 시에서 알 수 있듯이 "어
머니"가 "지난해 오월" 돌아가셨으며, 오월에 개화시기를 맞
아 희디흰 꽃을 피우는 "팥배나무가 보는 앞에서//어머니를
선산에 고이 묻"었고, 시적 화자의 "곡(哭)"을 팥배나무가 들었
기 때문이다. 따라서 시적 화자에게 팥배나무란 어머니의 죽
음의 슬픔을 기억하는 대상인 동시에 시적 화자의 비극을 공
유하는 대상이다.

즉, 어머니의 무덤가에 서 있는 "팥배나무"는 시적 화자의 슬픔이 투사된 대상이며, 시적 화자의 슬픔을 치유하는 대상으로 자리매김하고 있다.

3. 생(生)의 역동성으로서의 소리

개 짖는 소리도 멈추고 소리가 사라진 무성의 공간을 죽음의 공간으로 인식하는 시적 화자에게 생(生)의 역동성으로 표상되는 소리로 가득 찬 삶, 조화로운 이상적 공간은 어떠한 양태로 제시되는가?

> 때로 도돌이표는 그를 지치게 만든다 일 마친 뒤 지상의 한 칸 방 향하여
> 그는 오늘도 음표들로 **빼곡한** 전동차 안으로 들어간다
>
> 젖은 날개 비슷한 음표들과 어깨를 맞대고
> 쾌속의 출렁거림에 사분음표나 팔분음표가 되기도 하면서 간다
>
> 날마다 호명되는 음표들은 모두 어디서 왔나, 칸칸마다
> 서로 어울려 화음을 맞추지만
> 저녁의 곡목은 어둡고 무겁기만 한 철로 조곡(組曲)이다
> 정거장마다에서 음표들이 뭉텅뭉텅 **빠져나가곤** 한다
>
> 어쩌다 음표들 사이
> 열차의 검은색 유리창에 인화된 낯익은 얼굴 하나 발견하는 것인데,
> 그는 반음이 된 채 숨어 있다

직장에서 화음을 이룰 때는 음표들 사이에 긴장하며 끼어 있는
이분음표
가족과 함께하는 시간에 비로소 온음표가 되는,

그는 언젠가 하루의 마디 속에서 탈출을 시도한 적이 있다

이겨내는 하루하루는 생의 악보 속 작은 마디이고
째깍째깍 그를 재는 시간의 메트로놈은 피곤도 없는데

엇박자 리듬을 타며 그는 어둠을 뚫고 달려가고 있다
—「음표 하나」 전문

시적 화자는 생의 모든 순간을 "음악적"인 리듬 혹은 이를
구체화하여 표시되는 "음표"로 인식하고 있다. "직장에서 화
음을 이룰 때는 음표들 사이에 긴장하며 끼어 있는 이분음표/
가족과 함께하는 시간에 비로소 온음표가 되"며, "열차의 검
은색 유리창"에 비친 낯선 얼굴은 "반음"으로, "가족과 함께하
는 시간에 비로소 온음표"로 묘사되고 있다.

음표로 묘사된 시적 화자는 때로 "피곤"을 "모르는 시간의
메트로놈"을 피해 반복되는 "한마디"의 질서 속에서 탈주를
시도하지만 결국 그 욕망은 좌절되고 "엇박자 리듬을 타며"
"어둠을 뚫고 달려가고 있"을 뿐이다. 즉, 시적 화자에게 "엇
박자의 리듬"은 규칙과 질서의 규율에서 탈주하는 불규칙한
변칙의 리듬으로 개인 실존의 부피감을 확보하는 것이다. "엇
박자의 리듬"은 "소리" 혹은 "음표" 등의 청각적 요소를 통해
시적 화자의 의지를 드러내는 일종의 창조적인 일탈 지점이라

할 수 있다.

기차가 미끄러져 간다 칸칸마다 아이들 코 고는 소리 이 가는
소리 냉장고 소리 어머니 해수 기침 소리를 싣고

돋보기안경 너머 기차가 달려가고 있다 애벌레처럼 밤 가운데
몸을 말고 앉아 어머니가 재봉틀을 돌리고 있다

한 땀 한 땀 박히는 일정한 걸음의 음보, 어둠을 밀어내며 기차
가 달려가고 있다 한밤의 뻐꾸기 울음 두 번, 기차가 두 시를 지
나가고 있다 밤하늘 달과 별들이 동승했다

기차는 시계의 초침처럼 멈출 줄을 모른다 목련나무의 무릎 펴
는 소리 들려온다 아랫목을 향하여 이불 속으로 뻗어오는 발들

어머니가 지네발에 신발을 신기려고 애를 쓴다 늙은 냉장고는
또다시 기적 소리를 낸다
기차가 깜깜한 밤을 지나 새벽을 향해 달려가고 있다
                                          —「푸른 방」 전문

생의 역동성이 넘치는 공간은 어떠한 공간일까. 그 답은
「푸른 방」이라는 시에서 시인의 전언으로 들을 수 있다. 시에
서 나타나는 "푸른 방"은 역동적인 소리로 가득 차 있으며, 생
의 리듬으로 진동하는 장소적 특징을 지니는 공간이다. 시의
정황을 살펴보면, 우선 '돋보기를 쓴' "어머니가" "해수 기침"
을 쏟으며 "애벌레처럼 밤 가운데 몸을 말고 앉아" "재봉틀을
돌리고 있"는 밤의 정경이 그려지고 있다. 이때 어머니의 재봉

틀 소리는 기차가 달려가듯 일정한 리듬으로 반복되고 있다. 이 반복되는 재봉틀 소리는 잠을 이루지 못하는 유년시절 시적 화자의 추운 겨울 저녁을 충분히 흔들어놓고도 남았을 것이다. 아마도 어머니의 재봉틀 소리는 남루한 유년시절의 가난의 소리인 동시에, "저녁의 이야기"(「저녁의 동화」)마냥 자장가처럼 시적 화자를 혼곤한 꿈으로 몰아넣는 소리이기도 할 것이다.

하지만 이 가난한 재봉틀의 리듬은 단순하게 가난하고 남루한 현실의 소리에서만 그치는 것은 아니다. 왜냐하면 어미의 재봉틀 소리에는 현실의 고난을 타개해 나가려는 어머니의 굳은 의지가 배면에 깔려 있기 때문에 서늘한 희망의 소리로 확산하고 있다. 시를 자세히 들여다보면, 어머니의 재봉틀 소리가 풀어놓는 리듬에 화답하듯 방안의 다른 사물들도 더불어 소리를 내고 있다. "아이들 코 고는 소리 이 가는 소리 냉장고 소리 어머니 해수 기침 소리" "한밤의 뻐꾸기 울음 두 번", "두 시를 지나"는 시계의 괘종소리와 이에 박자를 맞추는 빛나는 창밖의 "밤하늘 달과 별들"까지 서로 화답하고 조응하여 "동 승"하고 있음을 알 수 있기 때문이다.

시적 화자는 "아랫목을 향하여 이불 속으로 뻗어오는 발"들이 있는 춥고 강팍한 현실에서, 새벽 "두 시"가 넘도록 재봉틀을 돌려야만 하는 어머니에 대한 연민의 감정을 애틋하게 묘사하고 있다. 그렇기에 연민과 의지를 동반하는 재봉틀 소리가 리듬처럼 울리는 "푸른 방"에 나타나는 다양한 청각적 이미지들은 서늘한 삶의 역동성을 환기해주고 있다. "푸른 방"은 인간과 사물과 자연이 교류하는 소리의 조화로 진동하는 공간이며, 다양한 소리의 근원지는 바로 재봉틀을 돌리는 어머니이다. 그렇기에 시적 화자에게 "어머니"라는 모성성은 곧 "상임지휘자"와 같은 존재로 확장된다.

울울창창 녹음의
이랑마다 신경을 곤두세우던 당신은
상임지휘자,

키워낸 농작물이지만
그것이 나였음을 깨닫는 데는 오래 걸렸다

계절마다 연주는 계속되고 있었던 것

그 지휘 따라
완행버스에 몸을 싣고 졸며 간 날엔
한 상 잘 차려진 여름,
마루에 앉아 음미하였다

고추 감자 참깨 등의 작물들이
현악기 관악기 타악기였는데

비 바람 햇살이 연주할 때
가부좌 튼 산은 관객
새들은 효과음을 냈는데

이 겨울,
요통을 앓는 허리를 아랫목에 누인 채 지휘봉 휘두르는 손 팔

베개를 하셨다
　텔레비전 드라마에 채널을 고정하지만 졸음에 겨워 금세 어두
워지고 마는
　어머니

　　　　　　　　　　　　—「상임지휘자」 전문

　어느 "겨울"날 어머니는 "요통을 앓는 허리를 아랫목에 누
인 채 지휘봉 휘두르는 손 팔베개를 하셨다". 시적 화자에게
어머니는 "상임지휘자"와 같이 "울울창창 녹음의/이랑마다"
"신경을 곤두세"워 "농작물"을 "키워"내는 존재이다. 그리고
어머니가 키워낸 "농작물"이 "나"였다는 것을 "깨닫는 데" 시
간이 "오래 걸렸"다고 고백하고 있다. 시적 화자에게 어머니
의 자식 사랑은 "계절마다 연주는 계속되고 있었던 것"으로
형상화하고 있다.
　이때, 시에 나타나는 자연의 형상은 독특하다. "계절마다
연주는 계속"되고 있으며, "고추 감자 참깨 등의 작물들이/현
악기 관악기 타악기"로, "비 바람 햇살이 연주할 때/가부좌 튼
산은 관객"이며 "새들은 효과음을" 낸다고 묘사하고 있다. 인
간과 자연이 서로 조화를 이루며 거대한 하모니의 생의 리듬
탄생의 장을 볼 수 있다. 이처럼 시적 화자에게 있어, 어머니
란 세계의 조화로움을 관장하는 "상임지휘자"와도 같은 존재
이며, 시적 화자에게 커다란 삶의 무게 중심으로 자리하던 "어
머니의 죽음"은 커다란 충격과 고통으로 다가왔을 것이다. 이
때, 어머니의 빈자리를 대신하는 것이 바로 "나무"임을 알 수
있다. 산 자와 죽은 자를 소통하게 하고, 지상과 천상을 매개

하는 팥배나무이기에, 또한 시적 화자와 함께 어머니의 죽음과 장례를 지켜보았기에, 팥배나무는 마치 인간과 신을 이어주는 신목과도 같다. 부재한 어머니를 대신하고 어머니와 시적 화자의 관계를 지속시켜주는 대상이라 할 수 있다. 부재하는 어머니의 역할을 대신하는 "팥배나무"는 곧 울음이란 매개를 통해 인간의 모든 고통을 짊어지고 고통의 소리를 수용하는 거대한 품을 지닌 대상으로 확장되고 있다.

이처럼 이순주 시인의 시 세계는 오감 중 청각 이미지를 통해 세계를 파악하고 있으며, 청각 이미지를 통해 삶과 사물과 자연의 형상이 빚어내는 "소리"의 조화와 생명의 역동성은 시인의 시적 지향성과 주제 의식을 발현시켜 개성적인 시 세계를 축조하고 있다.

徐安那 | 시인